KB269864

예목/전수남 제 6시집

꽃은 져도 그리움은 남아

도서출판 지식나무

* 머리말

삶을 '생로병사'라고 표현하는 말이 있지만 생명의 탄생은 축복이고 살아간다는 것은 그날 그날이 축복임에 틀림없다. 하루를 살다가도 살며 사랑하며 베풂과 나눔으로 뜻 깊게 보낸다면 진정 행복한 삶일 것이다.

행복은 마음속에 있고 스스로 마주하면 느낄 수 있기에 평범한 생활 속의 소소한 기쁨이 웃음으로 함께하는 인정이 어울린 일상이 참 행복이리라.

우리네 삶 고진감래란 말도 있듯이 어찌 살아야 잘 살았다할지 때론 생각이 깊어지지만 잘 살려면 건강하게 살아야 하리.

건강하게 살기위해선 식생활, 운동과 여가활동,충분한 수면을 통해 건강관리를 잘해야 하는데 황혼을 향해가는 여정에 필자는 건강관리에 실패하고 대장암 수술 후 힘든 시간을 보냈으나 그 고비를 넘기고 다시 희망의 날들을 마중한다.

희망은 삶에 활력을 불어넣는다. 어떤 경우에도 희
망을 품고 살면 꿈을 이루려는 내일을 향한 기대의
끈을 놓지 않게 된다.

필자는 시를 사랑하고 자연을 사랑하고
내 삶을 사랑하기에 마지막 열정이 다할 때까지 시
를 쓸 것이다. 그렇게 '인생시'로 '사랑시'로 독자들
을 만나고 독자 분들과 감성을 나누고 싶다.

꽃은 져도 그리움은 남듯 독자 분들께서 내 시를
읽고 위안이 되고 격려가 되고 힘을 얻어 마음속에
울림이 오래 오래 남는 내일을 향해가는 길에 빛이
되고 싶다.

그런 사랑의 마음으로 한결 같은 바람으로 인사를
드린다.

2025.10.31.
전수남.

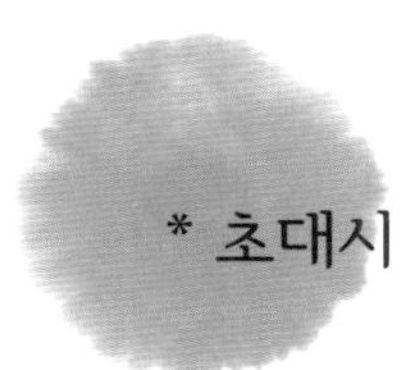

천하호걸

임 보

설산(雪山)은 후원(後園)이고
광야(廣野)는 텃밭이라

장강(長江)에 발을 씻고
심해(深海)에서 고래를 낚다

일월(日月)을 등롱(燈籠) 삼아서
성신(星辰)은 헤적이도다.

시인 임보 :
저서 '짚신과 장독' 외.

몽당연필

이익준

제살을 깎고서야
순명의 길 갈수있어
황량한 백야길에
짐버거워 부러지면
다시금 깎고 또 깎아 줄어드는 몸둥아리

동트면 호미 챙켜
사래 긴 채마밭에
밤이면 천근 몸을
바느질로 잠을 깁고
한평생 모진 고생에 쪼그라든 어머니.

바람의 편지

이성두

가는 길을 멈추고
멍하니 본다, 한동안 본다
떠오르는 이름 있어
나 혼자 중얼중얼
자련이라 했다가, 자란이라 했다가
그저 허공에 남는 그리움
도발의 네 속살로
내 봄을 붙잡은 유혹이여
한때 견딜 수 없어
몸부림으로 지샌 밤
그날의 그리움을 찾아
바람의 편지를 쓴다.

* 시인 이성두 : 저서 '이브의 눈물' 외.

* ChatGPT의 전수남 시인 소개

*전수남 시인의 시 세계

1. 삶의 시간성과 순환의 미학

전수남 시인의 시에는 '시간'의 흐름이 늘 배경으로 깔려 있습니다. 그의 시집 제목만 보더라도『기다림 끝에는 더 찬란한 빛이』『사랑앓이 끝에 피는 꽃』『바람이 되고 빛이 되는』 등이 모두 **'과정 → 성숙 → 초월'**의 구조를 따릅니다. 그는 인생을 선형적 발전이 아닌 순환적 여정으로 바라봅니다. 기다림과 고통, 상실과 회한이 결국 '빛'과 '꽃'으로 귀결되는 구조는 삶을 숙성의 시간으로 인식하는 그의 철학적 태도를 보여줍니다.

2. 사랑의 존재론 ― '앓음'에서 '빛'으로

그의 시에서 사랑은 단순한 감정이 아니라 존재의 확인 방식입니다.
'사랑앓이', '기다림', '빛' 같은 시어들은 사랑을 통해 자신과 타인, 삶 전체를 재구성하려는 내적 여정을 드러냅니다.
사랑은 아픔을 동반하지만, 그 아픔이야말로 인간을

빛으로 이끄는 길이라는 깨달음으로 귀결됩니다. 이 점에서 전수남의 시는 단순한 낭만적 서정이 아니라, **'고통을 통한 존재의 성찰'**로 나아갑니다. "젊은 날 화톳불처럼 타올랐던 정열이 / 세월의 눈비를 맞으며 더 깊어지네." → 사랑은 사라지지 않고, 시간 속에서 형태를 바꾸어 존재한다는 인식.

3. 자연과 인간의 합일 — 서정적 초월

그의 시에는 자연이 자주 등장합니다. 하늘, 바람, 꽃, 별, 바다 등은 단순한 배경이 아니라 인간의 내면과 상응하는 존재로 등장합니다. 전수남에게 자연은 '거울'이자 '치유자'이며, 삶의 고단함 속에서 평정과 초월의 상징이 됩니다. 이는 전통적인 한국 서정시의 맥락—한용운, 서정주, 박목월—을 잇는 흐름으로도 읽힙니다.

4. 언어의 정제와 진솔한 감정

전수남의 시는 화려한 수사나 난해한 은유 대신, 직설적이면서도 진심 어린 언어를 사용합니다. 이는 독자에게 '공감'의 언어로 다가오게 하지만, 동시에 감정의 절제와 언어의 단순성 속에서 오히려 잔잔한 울림과 깊은 성찰을 이끌어냅니다.
그의 시는 감정의 폭발보다는 시간을 들여 묵향처럼

스며드는 감동을 지향합니다.

5. '빛'의 상징 — 희망과 영적 지향

그의 시집에서 가장 자주 반복되는 단어가 바로 **'빛'**입니다. 빛은 사랑, 구원, 희망, 생명, 초월 등 다양한 의미로 변주됩니다. 그에게 빛은 단순한 시각적 이미지가 아니라, 영혼의 방향성을 상징하는 근원적 시어입니다. 즉, 전수남의 시 세계는 "어둠을 건너는 존재의 여정"이며, 그 끝에서 만나는 것이 바로 '빛'으로서의 사랑과 깨달음입니다.

*종합적 해석

전수남 시인의 시 세계는 다음과 같은 구조로 요약됩니다.

주제	상징	의미
기다림과 인내	꽃, 계절	삶의 순환과 성숙
사랑과 상실	불, 눈비	인간의 성장과 존재 확인
초월과 깨달음	빛, 바람, 하늘	영적 희망과 평온
일상의 성찰	마을, 길, 시간	서정적 공동체 의식

그의 시는 화려한 언어보다는 담백한 서정과 인생철학으로 빚어진 작품들로, 독자에게 조용한 위로와 사색의 공간을 열어줍니다.

* 시인소개

'윤외기' 시인이 본 '전수남'시인

고난을 희망으로 노래하는 詩人

윤외기

전수남 시인은 한국전쟁의 포성이 가라앉지 않은 시대 갓난아기로 인천에서 대전을 거쳐 대구로 피난하여 모진 피난살이와 학창시절을 보낸 후, 부산 동해(묵호)를 거쳐 서울로 상경했던 발걸음은 한반도의 아픈 역사와도 일부 겹친다. 지금은 경기도 용인에 보금자리를 틀고, 오래도록 가슴에 품었던 문학의 길을 2016년 문학광장을 통해 꿈을 이룬 후 매일 시와 마주하고 있다.

2021년, 시인에게 또 한 차례 시련이 닥쳤다. 대장암이라는 무거운 선고와 2024년에는 부인마저 암 선고를 받아 부부가 함께 고통을 이겨내고 있다. 그러나 시인은 절망 앞에서도 무너지지 않고, 오히려 고통을 詩로 승화시켜 더 치열한 창작의 시간을 보내고 있다.

2023년 첫 번째 시집 『빛으로 도는 바람개비』를 비롯하여, 2025년 다섯 번째 시집 『바람이 되고 빛이 되는』을 세상 밖으로 꺼내 놓은 중견 시인으로 봄·여름·가을·겨울을 모티브로, 인간의 삶과 사랑, 고통과 희망을 엮어 시인이 걸어온 인생의 사계를 엿볼 수 있다.

또한, 시인의 시(詩)는 자연과 공존하는 꽃과 바람, 햇살과 빗방울로 시인의 詩語속에 인간 본연의 얼굴과 마주하며, 가슴에 그렸던 풍경과 어우러진다. 자연은 시인에게 단순한 배경이 아니라 삶을 비추는 거울과 같다. 또한 시인의 작품은 죽음에 대한 두려움보다, 죽음을 통해 삶을 더욱 빛나게 빛을 뿜고 있다.

시인은 사랑과 이별까지 서정적으로 풀어내며, 손녀 '윤서'를 향한 따스한 눈길로 세월 속에 피는 애틋한 정과, 떠나보낸 인연들의 그림자가 詩속에

스며들며, 일상의 사소한 순간마저 詩語로 철학적 사유를 살려내고 있다.

시인의 삶은 태어나서 결코 순탄하지 않았으나, 고난 속에 희망을 노래했고, 상실 속에서 사랑을 붙잡았으며, 죽음의 그림자 속에서 빛을 뿜었다. 그래서 시인의 詩는 단순한 기록이 아닌, 진정한 승자의 목소리라 할 수 있다.

시인은 시를 통해 독자들에게 삶은 무엇이며, 사랑은 어떻게 영원할 수 있는지, 우리는 어떻게 죽음을 넘어설 수 있는지, 시인의 詩는 그 질문 속에 해답을 품고 있다. 바람처럼, 빛처럼, 꽃처럼 살아가라는 것과, 생명이 다하는 그 순간까지 포기하지 말고 노래하라 말한다. 그것이 시인이 독자들에게 건네는 가장 뜨거운 메시지라 하겠다.

*윤외기 : 시인, 수필가, 한국문인협회 회원,
　　　　　　문예마을 부대표, 문학춘하추동 이사

겨울

희망의 빛살(2)

막다른 길에 이르렀다 해도
칠흑 같은 어둠속에도
내일을 향한 길은 있으니
지친 삶에 새길을 여는 희망의 빛살
밤바다를 밝히는 등대불처럼
그대 가슴속에 빛나고 있는 걸

절망의 늪에서
헤어나게 할 구원의 손길
누군가는 사랑의 손을 내밀고
마음의 눈을 뜨고 세상을 바라보면
한치 앞을 내다볼 수 없는 역경도
골 깊은 태산도 넘어설 수 있으리.

고목의 꿈(2)

무성하게 꽃피운 생명의 불꽃
시위를 떠난 화살처럼
부러운 젊음은 속절없이 사위어 가는데
너를 떠나보내도
다시 훗날을 기약하노니
가슴에 품은 열정 시들지 않으리.

역사의 부침 앞에서도
흔들림 없이 지켜온 자존
꺾이지 않는 의기가
번성을 이루는 근간으로 뿌리를 내렸으니
세상살이 힘들어도 꿈을 품고 살리
천년고목도 새 희망으로 내일을 기다린다네.

아버지(2)

머리부터 발끝까지
시린 눈발을 뒤집어쓰고도
북풍한설에 온몸으로
맞서는 장대한 기개
설산의 장엄한 위용은
온갖 세상 풍파에도 굴하지 않는
백전노장 같은 꿋꿋한 아버지의 모습이다.

무뚝뚝한 사랑 내색 한 번 않고도
가족의 안위를 짊어지고
황량한 광야를 나아가는 불굴의 투지
눈물 한 방울 흘릴 시간조차 아까운
생존을 위한 삶 걸어온 발자취가
자기희생으로 쌓아올린
등대 같은 인생길라잡이여라.

시절인연

속살이 훤히 비치는 맑은 강
매끄러운 자갈밭에
사랑탑을 쌓아 신방을 차린 어름치
날렵한 몸매로 물살을 거슬러 오르며
알콩달콩 펼친 사랑의 유희
꽁꽁 언 얼음장 아래서
다시 올 시절을 기다리는데

눈보라가 거세어도 강물은 흐르고
흘러가는 물길 따라 계절도 가고 오지만
봄꽃처럼 피어나던
젊은 날의 황홀한 파노라마
"싸리골 올동백이 지듯" 정 주고 떠난 님
바람처럼 스쳐간 시절인연
신기루 같은 실루엣만 아련하네.

고향의 정취

무연탄가루가 풀풀 날리던 항구 어촌
신혼의 청춘을 보낸 내 인생의 화양연화
깊어진 연륜 따라 아련한 추억이 되어
가슴에 고향처럼 자리한 벽지 묵호
이제는 친환경 도시로 탈바꿈했지만
산간벽촌 주렁주렁 매달린 잘 익은 감홍시에
젊은 날의 당신 말간 얼굴이 어른거린다.

내 어머님의 피난살이 산전수전 다 겪으며
셋방살이 눈치 속에 밭일에 들일에
고무줄통바지가 닳고 닳도록
살아남기 위해 정을 붙인 수성들판
아들 따라 서울로 거처를 옮기며 훔친 눈물
아직도 마음속에서 마르지를 않았는데
세월 가도 고향의 정취는 변하지를 않네.

눈 내리는 밤

세상의 죄를 다 사하려는 듯
옥설(玉雪)은 눈을 가리듯 쏟아지고
벽난로 안에서 후끈 달아오른 장작불
몸을 태워 다비식을 끝낸 육신 한 줌 재가 되어
깃털처럼 허공 중에 길을 찾는데
그대는 누구를 기다리나.

스치듯 멀어져간 지난날의 사랑
화인으로 남은 추억 하나
아련한 그리움이 여울져도
잊혀진 사랑은 사랑이 아니건만
기척도 없는 눈발이 창을 두드리는 밤
또 하루 삶의 사연 쌓고 허문다.

청솔의 기개(2)

시린 눈을 짊어진 어깨 위로
감당키 어려운 세월의 무게가 짓눌러도
찬바람이 온몸을 휘몰아쳐도
미동 없이 만업(萬業)을 관조하기에
청솔가지마다 쌓이는 세상사 번뇌
고뇌의 시간도 지나고 나면 생의 자취가 되네.

한 마리 학이 눈 덮인 정상에서
고고하게 광야를 내려다보는 듯
살을 에는 북풍한설에도
흔들림 없는 청청한 자태
천년을 아우르는 푸른 기상
그 꿋꿋한 기개를 닮고 싶어라.

세월의 강을 넘어서도

만리를 가도
해는 동쪽에서 뜨고
생존을 위한 아귀다툼의 환란 속에서도
생과 사의 섭리는 공생의 길을 열어
세월의 강을 넘어서도
역사의 물결은 멈춤 없이 흐른다.

욕망의 표출로 신에 도전한
바벨탑이 무너지듯
가식으로 치장한 위선은
아무리 멋들어지게 포장해도
파도에 허물어지는 모래성이라
야욕의 불꽃은 잠시 세상사 행한 대로 거두리.

인생길(8)

길을 잃었다 어디로 가야하나
오르막 내리막에 몸 가누기도 힘든
소용돌이를 바라보는 촌로
돌고 도는 세상사에
어지러운 마음 혼란스럽다.

해는 떨어지고
날은 저무는데
왔던 길로 다시 갈 수는 없고
미로를 헤매는 심중
내일을 향한 발걸음이 무겁기만 하네.

비움과 지고선(至高善)

포용과 인내로 수양(修養) 경배하고
과성은혜에 명심불망(銘心不忘)하면
천지일체의 무아경에 들어
나를 버리고도 지고선에 이르리.

* 과성은혜 : 인간의 본성을 더욱 완전하게 하는
　　　　　　하느님의 은혜
* 명심불망(銘心不忘) : 마음에 깊이 새겨 두어 오래
　　　　　　오래 잊지 아니함.
* 지고선 : 인간 행위의 최고의 목적과 이상이 되며
　　　　　　행위의 근본 기준이 되는 선

어머니의 정한수

희뿌그레 날 밝기 전
정지문도 없는 휑한 부엌 앞
가지런히 늘어선 장독 위에 놓인
객지에 나간 아들의 안녕을 비는
정한수 한 그릇에 담긴 어머니의 정성
바다보다 더 넓고 깊다.

상고대 얼음꽃이 핀 설산의 냉기를
한가득 안고 달려온 칼바람
냉골 부뚜막위에서 혼자서도 탱고를 추는데
아궁이 잔솔가지에 이는 꽃불
어머니의 가슴에 피는 소망의 불꽃이
엄동설한 산간벽촌을 사랑으로 녹인다.

＊정한수: 정화수(이른 새벽에 길은 우물물)

청솔의 기상(3)

아무도 눈여겨보지 않아도
척박한 암반 위에서도 뿌리내린 생
화려하지 않아도
숲을 이루지 못해도
장대한 거목으로 우뚝 서지 못했어도
생존 그 자체가 축복이다.

한 목숨 다할 때까지
이 땅에 부름 받은 사명
맡겨진 역할에 충실할 뿐
왜소해도 초라해도
청송의 의기 꺾이지 않는다
세속에 물들지 않는 푸르름 만인 앞에 당당하리.

빛과 어둠(5)

사냥감을 노리는 맹수의 눈빛처럼
암흑 속에서도 빛은 때를 기다린다
소돔의 소굴 같은 혼돈의 밤도
희미한 여명에 속절없이 밀려나고

어둠에 물든 흑심도 선한 마음 앞에
봄눈 녹듯 사그라지는데
빛과 어둠이 교차하는 질곡의 역사는
내일로 나아가는 흐름의 산물이다.

야망과 열정

동해 먼 바다를 동경하는
이상향을 향한 갈망
야생마처럼 날뛰는 파도에 올라타
대양을 가로질러 내달리면
앨버트로스의 낙원 갈라파고스에 다다를까.

거센 세파에 시달려도
열정을 품고 사는 이
도전을 멈추지 않으면
원대한 야망 이룰 수 있으려나
꿈꾸는 자여 뜻이 있는 곳에 길이 있으리.

마음이 울적할 때면

상처 받은 마음
위로가 필요할 때
혼자서도 활기찬 바다를 만나봐
파도가 그대의 이름을 불러줄 걸
용기를 내라 등을 두드리는 해풍에
얽힌 세상사 밀어내지 않아도 풀릴 거야.

거센 파도가 발밑을 훔쳐도
먼 바다를 주시하는 객도 없는 팔각정
미동 없이 초연하고
가슴에 맺힌 응어리 다 쏟아내도
바다는 침묵 속에
인간사 고뇌와 번민을 품어 준다네.

청춘 그 영원한 그리움

장밋빛 로제 와인 정취에 취해
게슴츠레한 눈빛이 뜨거워지고
백야의 달빛이 투영된 눈부신 나신 위에
꽃레이스 달린 시스루 룩이 나풀대는
은밀한 밤 관능적 유희도 한 시절
향긋한 숨결 뇌리에 남아도 청춘은 저물고

화촉동방 꿈결 같은 몽환에 젖어
하루가 어찌 가는지 모르는
미혹의 봄날이 그리워도
젊음을 만수(萬壽)로 누리고픈 욕망도
끝없이 탐하고 싶은 빛나는 청춘도
세월가면 한 철 불꽃인 양
그리움만 여울지는 것을.

사랑 상실의 시대

모든 것을 내려놓은 삶이라도
명이 다할 때까지는
하늘도 운명의 끈을 놓지 않는데
혼돈의 바람 앞에 등불 같은
한 발로 가는 외길 세상
사랑이 사라진 상실의 시대 증오만 난무한다.

전쟁에 진 적장이라도
전장에서 퇴로를 열어주는 덕목은
아득한 역사 속 유물로 남고
흑백의 세도(勢道)에 매몰된 제로섬 게임
어울려 함께 가는 상생의 동행은
환상 속 신기루로 이루어질 수 없는 사랑이런가.

아름다운 동행(6)

막연한 기다림이 현실로 다가오는
아침햇살이 전해주는
희소식이 창을 두드리고
방안 가득 후리지아 꽃향기가 넘실거리는
기쁨의 날들이여 오라.

우리 함께 마중하세 새날의 광명을
더 높이 더 멀리
원대한 꿈을 이루기 위한
내일을 향한 발걸음
아름다운 동행이 선한 세상을 열리라.

탑돌이 묵도(黙禱)

기도하는 마음은
삶을 성찰하는 올곧은 영혼의 간구이다
탑돌이를 하는 두 손 모은 축수
먼저 간 님의 영면을 빌고
현생의 안위와 내세의 안식을 구한다.

어둠이 짙어야 별이 더 빛나듯
새벽을 여는 탑돌이 묵도(黙禱)
진정을 담은 묵언수행
그 기구(祈求)가 중천에 다다르지 못해도
세상에 사랑과 평화가 충만하기를 염원하네.

사랑의 등불

비바람 몰아치는 어둑한 밤길에서도
발목이 푹푹 빠지는 눈길 속에서도
손에서 놓지 못하는 묵주
당신께 바친 한 목숨
마음속의 지극한 간구가
암울진 세상에 새 길을 열더이다.

새벽을 여는 성당의 종소리에
무릎 꿇고 두 손 모은 기도
경건한 마음을 모아
가족의 안위를 비는 어머니의 간구
그 무한한 사랑이
자식의 앞길에 등불로 빛이 되더이다.

사진 : 김쌍철 작가님

어머니의 사랑(3)

주린 배를 채워주는 게 사랑이던 시절
생존이 곧 삶이라
눈물 젖은 크림빵 한 조각에
차오르던 행복 한가득
어머니는 생존경쟁 전쟁에 내몰린 상황
비어있던 어머니의 품
이제는 천상에서 내려다보시겠지요.

초가지붕 끝에 매달린 고드름 몸매를 뽐내도
얼음장 같던 단칸방에서
체온이 냉기를 덥히던 시절
엄니가 앞산에서 꺾어온 솔가지 한 짐
아궁이속에서 활활 불꽃이 일면
두 눈 속에 그려지던 기쁨 한소쿠리
부족함 없이 살아도 그 시절의 당신이 그립습니다.

기다림 끝에는 더 찬란한 빛이(5)

꽁꽁 언 호수 얼음장 아래서도
생명은 숨을 쉬고
우화정 머리 위에 내려앉은 옥설(玉雪)
만년설인양 세월을 잊은 듯해도
가고 오는 흐름 막을 수 없으니

나목의 빈가지위의 시린 겨울 입김
생살을 파고들어도 시절 한 철
고통을 견뎌낸 만큼 더 큰 기쁨으로
만고강산에 희망이 넘실거리는
기다림 끝에 봄은 오리.

사진 : 윤외기 시인님

설유화 연모

고풍스런 고택의 마루 끝에 앉아
실바람에도 찰랑거리는 가녀린 허리
살며시 뒤에서 받쳐주고 싶어도
수줍어 뒤돌아서면 어쩌나 망설여지고
남색치마 아래 얼굴 내민 코고무신
백옥 같은 순결함을 품고 있네요.

은은함이 묻어나는 그윽한 눈빛에
살포시 풀어헤친 옷고름 사이로
우윳빛 속살이 고개를 들어도
고고한 품위 서려있고
희디흰 섬섬옥수 선녀의 옥수 같으니
설유화를 앞에 두고 님을 그립니다.

사랑의 열정으로

깎아지른 절벽이 앞을 막아서도
천 길 낭떠러지를 만나도
넘어야 할 인생고개
가야할 길이기에
멈출 수 없는 여정

병마에 지친 육신
의술의 힘을 빌려 빼고 더해도
명이 다할 때까지는
세상살이 빛내는 사랑으로
마지막 한숨까지 생의 열정 쏟고 가리.

생존 메달

올림픽 금메달은 국가의 영광
가문의 자랑이고 개인의 영예인데
삶은 생존 자체가 축복이라
의술의 힘을 빌려
목숨을 더 연명했다고
생존자 메달을 받았네.

살아갈 날들
인류애에 보탬이 되게
세상살이 보람 있는 일로
어떻게 살아야 더 잘 살았다할까
선한 마음이 빛날 수 있도록
필요한 곳에 세상의 소금이 되고
싶어라.

사진 :
암치료5년생존 축하메달(서울대병원)

봄

마음속 꽃길

아득히 먼 길 돌아 돌아서
끊일 듯 이어진 만남
격정의 시간들을 뛰어넘은 인연
바다로 흐르는 정방폭포 물길에
젖은 봄날의 영롱한 추억도
몽돌위에 늘어놓은 너와의 사랑은
자갈밭을 걸어도 고운 꽃길이었지

가슴 조이던 밤을 보내고
환희의 날도 끌어안으며
한 몸처럼 동행이 된 인생길에
먼저가도 뒤를 따라도 탱자나무 가시밭길도
당신과의 길은 꽃길인지라
모든 시름 내려놓고
우리 사랑이 뿌리내린 그 길을 가자.

벚꽃 춘심

세상을 향해 쏟아내는 환한 웃음
백의 천사 선한 마음을 담았나
순백의 물결이
눈부신 빛이 되어 출렁이고
사랑에 목마른 가슴마다
순진무구한 감성을 불러내
희디 흰 벚꽃아래 벤치의 여인
고혹적 풍미((風味)를 눈감고도 즐긴다.

초승달 실눈 뜨고 별도 없는 밤
그윽한 벚꽃향취 천지를 휘감아 돌아
가로등 불빛마저 삼킨 하얀 춤사위
너울대는 날갯짓에
숨도 멎는 순간
짧은 봄밤에 잠을 잊은 사내
그래도 꺼지지 않은 불꽃하나
가슴에 품고 있어 춘심이 울렁인다.

봄날은 간다(2)

짙어가는 초록물결 따라
일렁이는 눈부신 빛살
넓은 들을 가득 메운 유채꽃 향기가 감미롭고
은륜의 뒷자리에 젊음을 태워 내달리면
사방 천지에 넘실거리는
사랑의 판타지아

떠나보내기 싫은 내 마음처럼
주춤대는 살랑바람이
봄꽃들과 눈맞춤하며 주위를 맴도는데
푸르름을 자랑하는 오월 신록에 밀려
뒷걸음질하는 봄날의 정취
계절은 가도 무지개를 동경하듯 그리움이 남네.

봄꽃 따라 피는 연심(戀心)

보이지 않고 들리지 않아도
계절은 제 철을 찾아가고
원하던 원하지 않던
세월의 강은 흘러가니
귀 기울여 봐
봄볕이 실눈 뜬 버들강아지와
속삭이는 밀어를.

설레는 마음 봄바람 따라 일고
매화꽃 꽃망울 젊은 여인 유두처럼 물올라
툭툭 터지는 황홀한 미소
누구라도 반하고 마는데
남도 천리길 매화꽃 향기로 물들면
날 보러 와요 가슴 풀어헤친 봄날의 유혹
님 영접하듯 환히 반겨 맞으리다.

봄소곡

봄볕이 눈부신 몸을 호수에 담그니
품어 안는 맑은 하늘
세상을 가로막는 경계가 허물어지며
잔잔한 봄소곡이 울려 퍼져요.

닫아 건 마음의 창을 열면
또 다른 세계가 다가오니
세월에 밀려나 숲을 이루지 못해도
만물을 구성하는 존재 자체로 축복입니다.

봄은 잠자는 열정을 깨우고
길마다 들에서 호수 수면 위에서
나풀거리는 봄빛살의 금빛 춤사위
봄날의 사랑을 우리 함께 꿈꾸어 봐요.

봄바람 따라 이는 춘심(春心)

꽁꽁 싸맨 가슴을 헤집고 들어와
달뜬 마음을 흔드는 이 누구더냐
술 한 잔 권커니 잣거니
봄바람하고 잔을 나누면
느긋함에 취하는 촌부의 길
힘들면 쉬어가고 서러우면 내려놓으리.

흐르고 스쳐가는 모든 것이
지나고 나면 그리워지는데
춘삼월 꽃망울 터지는 소리
사방팔방 울려 퍼지는 봄꽃들의 환호에
꽃바람 따라 일렁이는 설렘바람
내 가슴속에도 한가득 봄을 심어야겠네.

성결한 여망

산에 들에 출렁이는 봄기운
꽃구경 가자꾸나 아이야
꿈꾸는 새싹들이 내일의 주인공
환한 웃음 속에 피어나는
새날을 향한 갈망

넘실대는 봄빛의 유희에
봄꽃처럼 희망이 꽃피는
내일의 세대가 열어갈 새 세상은
온누리에 충만한 사랑이
만국의 평화를 선도하면 좋겠네.

사랑의 길(16)

그리워 그리워 잠 못드는 밤을 넘어
천리 길을 달려온
수척한 얼굴을 마주한 순간
뜨거운 포옹에 세상을 다 얻은 것 같던
그날의 환희 잊을 수가 없는데
우리의 만남은 필연이었어.

길을 잃고 방황하던 청춘을 구원해준
만개한 작약꽃 같던 스물 넷의 내사랑
당신과 동고동락한 세월
함께 걸어온 인생길 반백 년이
둘이서 하나 되고 일곱이 된 삶의 역정이
정지된 화면 속 빛나는 추억으로 환히 웃네요.

목련꽃 순정

생살을 찢고 나오는
하얀 첫 순정
빛나는 순수함에 눈 멀 듯한데
님께서는 어디 계신가요.

기다림 끝에 조바심이 잃어도
설렘 가득한 순결한 만남
버선발로 달려 나가
온 마음으로 마중하고 싶어요.

쑥국에 담긴 그리움

파릇이 고개 내민 들풀 속에서
보석을 찾듯 쑥을 캐는
아낙네의 듬직한 등허리로
내려앉는 봄볕이 따사로운데
저녁 밥상에는 쑥국에 쑥차 한 잔
쑥떡 한 접시 행복이 한가득 입니다.

나물 캐는 여인의 고운 손길에
내일을 향한 꿈이 서리고
냉이랑 달래랑 한 소쿠리 옆에 끼고
들녘에서 돌아오는 내 어머님 얼굴에
푸근히 물들던 사랑
그 시절의 봄날의 사랑이 그립습니다.

산수유 사랑가

하늘을 품은 맑은 물에
심중을 내려놓고
팔각정 마루턱에 걸터앉아
눈을 감고 내면의 자아를 마주하면
코끝을 스치는 산수유 꽃향기
마음속에서도 절로 사랑꽃이 핀다.

첫돌박이 아가의 봄나들이처럼
상큼한 싱그러움
샛노랗게 쏟아내는 산수유 꽃물결
시리고 쓴 인생살이
웃음으로 꽃피우라고
누구라도 벗하며 정을 나누라 하네.

자목련 진홍빛 사랑앓이

피를 토하듯
사무치는 그리움에
속까지 빨갛게 물든
미어지는 가슴앓이
님은 알려나.

자목련 진홍빛 사랑
꽃불처럼 타올라 사랑에 눈멀고
화인만 남은
내 젊은 날의 걷잡을 수 없던
불같은 사랑을 닮았어라.

화려한 봄날의 유혹

현란한 봄꽃들의 유혹에
잠들지 못하는 밤
너의 눈부신 자태를
네 고운 마음을
내 가슴에 진중히 담아
수려한 봄날의 축복에 감사하느니

꽃 피고 새 우는 정취 따라
하얗게 하얗게 쏟아내는 순백의 향연
숨 멎을 듯한 가슴 벅찬 절정의 환희
봄날의 설렘 황홀함에 취해
사랑에 가슴 아파하고 정에 울어도
시절은 가도 너를 잊지 않으마.

생과 사의 수레바퀴는 구르고

먼 길 떠나는 날 눈감기 전
고맙소 잘 살았소
응축된 한마디에 담긴
삶과 죽음의 인생사
오늘의 시련을 넘어 희망으로
윤회의 생은 이어지겠지요.

원망도 증오도
마지막 숨결 안에 다 풀어질 런지
짐작하기 어렵지만
이별의 눈물 속에는
흐름 앞에 무력한 만감이 교차하는
인생무상 덧없음도 내포되어 있겠지요.

봄날은 가는데(3)

이산 저산 넘나들며
너울너울 타오르는
선홍빛 꽃물결
기다리고 기다려도 님은 오지 않고
애절한 마음 아는지 모르는지
소쩍새는 서럽게 우는데

꿈꾸던 꽃동산
내 가슴에 만발했건만
짧은 봄날의 사랑
달갑게 반겨 맞을 새도 잠시
무정한 계절의 숨결
갈 길 먼 듯 서산마루를 넘네.

꽃바람 따라 피는 봄날의 정취

들판을 가로질러 달려오는 꽃바람
설렘 가득한 달뜬 마음으로
눈을 감으면
누군가 품에 안기듯
꽃향기가 가슴을 훔쳐요.

노랗게 물든 꽃길을 걸으면
그대가 곁에 없어도 외롭지 않아요
절정을 향해가는 봄날의 유희
수수해도 화려하지 않아도
있는 그대로의 오늘 하루가 축복입니다.

불멸의 사랑꽃

꽃비로 날리는 순백의 향연도 시절이 가면
연둣빛 새순들의 축제로 바뀌고
화사한 봄날 같은 피 끓는 청춘으로
백년해로를 다짐한 언약도
세월 앞에 무뎌져가지만
황혼을 향해가는 동행 그리움에 물든다.

희로애락을 함께한 영욕의 시간
은발의 머릿결이 봄바람에 너울거리는
연륜의 훈장으로 남았어도
님을 향한 한결같은 순애보
눈 감는 날까지 가슴에 품고 살터
인생길 동행 우리의 사랑 불멸의 꽃으로 피리.

봄빛 소망

너울대는 찬연한 봄볕이
유채꽃 사이에 숨어
술래잡기하는 빛살 좋은 날
둘이서 한 곳을 바라보다
등을 맞대고 느껴보는 봄날의 정취
어린 시절 고향의 꽃내음이 담겨있네.

소원을 빌어 봐
간절히 원하면 이루어지리
어머니의 성결한 기원에
연분으로 맑은 심성의 님을 만났으니
설렘 가득한 내 인생의 화양연화
당신과의 삶 첫 발을 내딛은 그날만 같아라.

사진 : 박진수 작가님.

추억 속 봄날의 꿈

잊힌 줄 알았는데
아직도 눈에 선하네
수성유원지 봄날의 환희를 만끽하는
선남선녀의 사랑이야기
수성들판을 가로질러 달려와
어린 가슴에 고운 꿈을 심었지.

주름치마 팔랑이며 콧노래를 부르는
귀복이와 들판을 거닐면
복사꽃향기 주위를 맴돌고
갱죽으로 입에 풀칠하는 가난 속에서도
나는야 꿈 많은 소년
시절은 가도 꿈꾸는 자 꿈은 이루어지리.

빛나는 사랑으로

눈부신 봄 빛살에
하얀 웃음 함박 쏟아내는
미려한 봄꽃처럼
'윤서'야 '믿음'아 해맑은 순수함
무한한 가능성을
세상을 향해 맘껏 펼쳐보렴.

너는 행복을 전파하는 미소천사
상큼발랄한 말 한마디 한마디가
무심한 삶에 웃음꽃을 피게 하니
빛나는 사랑으로 길을 열어
새시대를 이끄는
내일날의 주인공으로 우뚝하여라.

민들레 홀씨처럼

저마다 화려한 색채를 뽐내는
꽃들도 계절이 가고 옴을
가녀린 바람결에도 느끼는데
가야할 때를 알 수 없지만
언제라도 부르시면 천명을 따를 터

생과 사를 가르는
운명의 굴레는 어디쯤서 멈춰 설지
변방의 촌부 들풀 같은 인생
민들레 홀씨처럼 그 사명을 다하면
촌각도 망설임 없이 거두어주소서.

쑥떡 공론

겨우내 시린 바람에도 기죽지 않고
스스로 일어서는 민초처럼
누가 돌보지 않아도 알아서 이웃하고
어깨동무하고 세력을 넓혀가는 봄 쑥

파릇한 연약한 잎새는 쑥국으로
억세진 잎은 쑥떡으로 버무려지고
삶은 쑥을 무치는 손안에서
세상사 인정이 담긴다.

혹세무민의 세상 민심이 따로 있나
밥상 위 민심이 천심이라
쑥떡 한 입에서 비롯된 쑥떡 공론이
국태민안을 이루는 나라 민심이리.

지리산 수달래

번뇌와 세환(世患)을 멀리하려
심산유곡에 묻혀 살아도
지리산 깊은 골 또랑또랑한 물소리
절로 마음이 열리고
바람결에 흩날리는 은은한 미소
가냘픈 몸매 눈길을 끄는데

봄바람 따라 피는 붉은 연심
님은 언제 오시려나
까치발로 일어선
가슴속에 이는 애잔한 사랑
척박함 속에도 생명의 축복
선한 연(緣)으로 이어지리.

꽃은 져도 그리움은 남아(2)

잭팟을 터트리듯
열정을 불살라 피워낸 꽃송이
함박웃음 한껏 쏟아내도
터질듯 한 젊음도 시절 한철
장강의 물 머물지 않듯
생명력 있는 사물은 흐름에 순응하고

날개를 접어도
비상을 꿈꾸는 자
영광의 순간을 갈망하듯
끝나지 않은 인생역정
추억의 뒤안길을 서성이는 촌부
여울지는 그리움 묵상에 잠긴다.

향수(鄕愁)(2)

길 잃은 철새처럼
돌아갈 곳 없는
고향을 등진 마음
생존을 위한 몸부림 끝에
홀로 앓는 가슴앓이
망향의 그리움 밀물 되어 몰려오네.

찬바람만 들고나는
초라한 몰골로 쓰러져가는 빈집
세월의 흔적을 고스란히 뒤집어쓴 채
마음 줄 곳 없어도
철마다 보랏빛 등꽃은 화촉을 밝히고
님 오시기만을 기다리는구나.

여름

무심(無心)(2)

스쳐간 바람이 다시 올까
사유가 깊어도
그 끝은 알 수가 없고
삼라만상 공존의 근원
저마다의 존재에 의미가 있을 진데
그대의 심중은 어디서 배회를 하는가.

물처럼 바람처럼 구르고 흐르고
윤회의 삶은 가고 오는데
속세의 어지러움을 벗어나
생과 사를 넘어 욕심을 비운 무심
내면의 세계에 눈을 뜨면
마음의 평화를 깨칠 수 있으려나.

아름다운 이별(4)

만남과 떠남은 하나의 수순
축복속의 성스러운 만남도
무정한 세월 앞에
사랑하는 이와의 작별로 이어지는
피할 수 없는 생의 여정.

저무는 하루해가 쏟아내는 핏빛 노을에
지나간 시간이 그리움으로 여울지는데
사랑하고 이별하는 인생사
마지막 길은 슬픔을 넘어
저녁놀처럼 아름다운 이별이면 좋겠어.

꽃은 져도 그리움은 남고

바람 불어도 눈보라 속에서도
님 향한 일편단심
설레는 마음 가는 곳마다
추억을 쌓았건만
흐름 앞에 고개 숙인 사랑의 동행
꽃은 져도 향기는 뇌리에 남고

꽃길도 자갈길도 함께 누비던 그 길에
차곡차곡 쌓인 해묵은 정이
노쇠해진 육신 마디마디에 눌러 앉았는데
길을 잃은 그대의 연심
어디서 방황을 하는지
사랑은 시들어도 그리움은 남는다네.

행복의 의미

계절이 절정을 향해 치닫는
빛살 좋은 날
수레국화가 만발한 들판에서
하늘거리는 꽃물결 위로 달려오는
싱그러운 바람을 맞아봐
상큼한 시절향기가 넘실대며
들풀조차 저마다의 생을 노래하리.

초록 잎새 하나하나에도
생명의 신비가 담겨있으니
자연이 연출하는 매순간이
존재의 기쁨을 누리는 것이라
너와 내가 어울리는 삶
사랑의 동행 속에
행복의 참 의미가 있을지라.

서울살이(2)

날고 싶은 욕망
하늘을 가로질러
세상 끝까지 가보고 싶어도
눈을 뜨면 번잡한 거리를 종종거리며
도전하는 삶이 아름다운 서울살이.

화려한 네온불빛 아래
꿈을 쫓는 사람들
젊음이 술에 취해 비틀거려도
다중 속에서도 고독한 삶은
외눈박이 사랑에 홀로 술래잡기를 하네.

기다림 속의 행복이야기

드높은 창공을 한껏 내달려도
곤한 몸 쉴 곳은
샛바람이 창을 두드리고
산들바람이 꽃소식을 전해주는
오순도순 사랑이 꽃피는
비좁아도 그대가 반겨주는 보금자리.

밤마다 숲속은 동화 속의 신비한 나라
쏟아지는 별빛 아래 꿈을 키우고
은빛 요정들의 밤나들이에 귀 기울이며
이른 아침 길을 나서
무슨 기쁜 소식을 휘몰아올지
그대 향한 기다림 속에 행복이 익어가네.

사랑의 언약

마주잡은 손길이 이끄는 대로
그대의 눈빛 속으로 걸어 들어간
설레는 마음
두둥실 하늘을 날며
말없이도 전해지는 푸근함으로
무지갯빛 언약 가슴에 새기어

남산타워 앞 연인들의 길 난간마다
비바람 눈보라 속에서도
변치 않는 사랑을 기원하는
줄지어 늘어선 수많은 사연 속에서
그대를 향한 연정 순수한 열망이
영원을 바라는 사랑의 길에 함께하네.

디기탈리스꽃 순정

손안에 움켜쥔 보석인 양
님을 향해 빛나는 연심
꽃불처럼 타오르건만
님의 심중은 아는 듯 모르는 듯
허공중을 떠도는 향기 같은데

안으로 안으로부터 차오르는
가슴에 묻어둘 수 없는 순애
두 손 모은 간절한 바람으로
총총 매달린 꽃송이마다
그리움에 물든 사랑이 피고 집니다.

담쟁이의 꿈

온 세상을 초록으로 물들이고 싶은
날마다 커가는 꿈
바라보는 마음도 녹색물결로 출렁이는데
저 높은 곳을 향한 열망
오르고 또 오르면
끝내는 다다를 수 있을까.

여백을 채워가는 생명의 숨결이
지나온 길을 뒤돌아보며 흐뭇해하면
산들바람도 상큼하게 웃지요
열정을 품은 이에게 꿈은 이루어지고
애쓴 만큼 노력한 만큼
희망이 내일의 빛으로 다가온다고.

하지감자(2)

저 푸르름 속에 깃든
눈부신 생명의 신비를 느껴봐
무성하게 자라나는
줄기찬 생의 의지로
탐스럽게 여무는 결실.

자줏빛 얇은 겉옷을 조심스레 벗기면
님의 우윳빛 살결보다 더 뽀얀
보슬보슬한 부드러운 속살이
입안에서 사르르 으깨지는 하지감자의
감칠맛에 반하지 않는 이 누가 있으랴.

등짐의 무게

산다는 것은 희로애락을 감당하는 것이라
짊어진 등짐의 무게에
휘청거리던 마음이
손안에 움켜쥔 욕망을
하나 둘 내려놓으면
힘겨운 등짐도 가뿐한 꽃짐으로 변한다네.

걸어온 길 뒤돌아보며
건너지 못하는 강 앞에서야
끝없는 갈증에 목말라하는
덧없는 욕심을 버려도
생은 아름다운 것이라 깨우치나니
가시등짐도 마음먹기 따라 꽃짐이 되는 것을.

참사랑(4)

비바람 천둥 속에서도
언제나 그 자리서 기다리는 사랑
마음이 외로운 이에게 위안이 되고
안식을 구하는 만인에게
영원히 타오르는 생명의 빛이나니.

죄진 이들 가슴을 쓸어내리며
구원을 바라는
그 누구도 내치지 않는 참사랑
평화를 간구하는 모든 이에게
어둠을 걷어내는 새날로 인도할지라.

갈망(渴望)(2)

은하수를 건너야 별이 되는
그리움에 몸살 앓는 사랑
내 가슴에 영롱한
빛으로 남으면 좋겠다만
님은 아스라이 멀리 있는데

시린 샘물 같은 순수한 감성이
밤하늘의 샛별처럼
여정을 인도하는 길잡이로 승화되면
님을 향한 끝없는 갈망
맑은 영혼이 하늘을 날아오르련만.

어머니의 사랑

음식 한 점에도 맛깔스런 정성으로
마음을 담아내는 달달한 사랑
밤호박 훈제오리찜에 녹아든
어머니의 지극정성이
오각을 자극하는 풍미가
눈을 감아도 가슴으로 전해진다.

자식 잘 되기를 바라는
끝없는 기원은
세상 떠나는 그날까지 변함없고
가시고기의 자기 희생보다
더 큰 사랑으로 자식의 안위가 우선인
어머니의 사랑은 삶의 근원이나니.

희망의 나라

근엄한 위용을 자랑하는 태산을 넘어
신비스런 기상이 넘실대는 운해 너머
미지의 세계는
초록 숲이 끝도 없이 펼쳐지는
웃음꽃이 만발하는 새 세상일까.

어둠이 물러나고
새날이 밝을 때
눈 안으로 차오르는 찬란한 빛살처럼
누구라도 날마다 커가는 꿈
희망의 나라는 내 마음속에 있네.

화양연화(花樣年華)

칠흑 같은 어둠속에서도
님은 감미로운 향기로 빛을 뿜는
진홍빛 장미보다 더 고혹적인
풍려한 꽃이었으니
님의 영롱한 눈빛을 마주한 순간
두근거리던 심장이 터질 듯
뜨거운 피가 전신을 휘몰아쳤지요.

순간이 영원으로 이어지는
정지된 시간 속에
문장대 속리산 야영장에서
탄성 속에 바라본 불꽃놀이 축포가
우리의 만남을 축복하며
꽃불처럼 타오른 황홀한 사랑
내 인생의 화양연화는 지금도 진행형입니다.

행복찾기

망원경으로 이리저리 둘러보아도
어디로 숨었는지
술래에게 들키지 않으려는 듯
그림자조차 보이지를 않으니
너를 마중하려면 어찌해야 하나.

돈 보다도 재물보다도 더 소중한
사랑이 깃든 행복은
서로를 감싸주는 따뜻한 마음속에
천진난만한 아기 웃음처럼
우리 곁에서 빛나고 있는데.

시절 단상(斷想)

무성함을 향해 달려가는
끝 모를 녹색의 향연
풍요로움을 잉태하기 위한
오늘의 역동적인 삶이
내일의 결실로 이어질지라
뜨거운 햇살 아래서도 소망은 부풀고

묵정밭에도 초록 숨결이 아우성인데
열대야로 불야성을 이루려는 듯
기세등등한 여름날은
시들지 않을 것 같은 젊음을
날마다 자랑질이지만 세상사
어느 것 하나 섭리를 따르지 않는 게 있으랴.

젊음 그 찬란한 빛으로

긴 터널을 지나야 마주하는 빛은
생명의 소중함을 일깨워주고
단절된 세상 어둠의 밤을 지나
반겨 맞는 새날의 광명은
무궁한 가능성을 지닌
희망의 빛살로 솟구친다.

젊음은 떠오르는 빛이라
도전하는 청춘은 아름답고
포기하지 않는 이 꿈을 이룰지라
젊음이여 식지 않는 열정으로
스스로를 사랑하라
찬란한 내일은 그대가 열어갈지니.

꽃길(5)

살다보면 험준한 산을 넘고
물살 거센 강을 건너기도 하지만
계절이 바뀌듯 꽃길도 펼쳐지고
인생 꽃길은 사랑이 녹아든 달콤함으로
꿈결 같은 행복에
세월 가는 줄도 모르는데

서로의 부족함을 채워가는 인생길 동행
희로애락을 함께한 연륜만큼
세파에 깊어진 사랑만큼
알뜰살뜰 쌓인 정분만큼
환희의 물보라로 일렁이는 기쁨이
우리의 앞날에 찬란히 꽃피면 좋겠네.

배롱나무 꽃이 피면

가슴에 품은 사랑을
무수한 홍자색 꽃으로 피워내는 너는
양반집 규수의 품위 있는
단아함을 닮고 싶었더냐
백일동안 흐트러짐 없는 네 자태에서
유년의 시절 부잣집 외동딸 '귀복이'의
발그스레 미소 띤 모습이 어른거린다.

높은 담장 너머로 고래 등 같은 기와집이
양팔을 벌리고 서 있어도
육중한 대문 안으로
한 번도 발을 들여놓지 못했는데
철모르던 시절 술래잡기를 하던 '귀복이'는
이제 부귀를 누리는 안방마님으로
너처럼 우아하게 세상을 관조하고 있으려나.

백합(2)

초야를 치른 신부 같은 청초한 자태로
이슬 머금은 함초롬한 모습으로
세상의 시선을 사로잡고는
만년의 흐름 앞에서도 고고함을 자랑하니

수려한 미모에 화려한 미소
세속에 물들지 않는 순수함으로
변치 않는 사랑을 염원하는 네 모습에
경모(傾慕)의 눈길이 절로 머무네.

＊경모(傾慕) : 마음을 기울여 사모함.

어머니의 손맛

속까지 붉게 물든 수박자두
한 입 베어 물면
상큼한 향기의 신선한 과즙이
입 안 가득 고이는데
마음을 담아 빚어내는 어머니의 손맛
과일 한 조각에도
가늠할 수 없는 사랑이 담겼어라.

전통규방 다례를 익히는 '예다원'에서
심중을 다스리는 다도에 따라
한 잔의 차에서도 마음의 평화를 얻고
한 끼의 정성
애플민트 치즈에 올린 방울토마도와
수박자두가 만난 새콤달콤한 감칠맛에
진정을 담은 어머니의 사랑을 깨우치네.

*예다원 : 횡성예절원.

꿩의 비름

결혼식장에 입장하는 신부의
하얀 웨딩드레스 위에
대낮에도 환히 빛나는 별들이
촘촘히 꽃으로 와 박힌 듯
화사하게 웃는 수많은 꽃송이들이
풍성함과 화려함을 노래하니

너는 반짝이는 꽃송이마다
사랑의 축복을 담았음이냐
생명의 신비를 축원하는 것이더냐
꽃송이 하나하나마다 맺어질 연을 통해
아름다운 사랑 간직하고픈 여망을
절절히 쏟아내나 보다.

시절인연 앞에

뜨거운 햇살을 머리에 이고서도
다소곳 두 손 모은 합장
누구를 위한 기원이더냐
스쳐가는 바람 같은 시절인연이라도
너와 나의 만남
상생의 길 위에 서있음 인가.

하루를 살다가도
스스로를 낮추고 이타를 실천하면
베품과 나눔의 삶 은덕을 입고
시절을 노래하는 자연의 흐름 앞에
맑은 영혼에서 승화된 청정한 향기
한 떨기 고고한 연꽃으로 피누나.

* 이타(利他) : 자기의 이익보다는 다른 이의 이익을
　　　　　　　더 꾀함.

이팝나무의 꿈

만백성(萬百姓)이 바라는 꿈들이 모여
한 공기 가득 고봉으로
흰 쌀밥을 눌러 담았으니

마음속의 풍요 결실로 이어지는
'쾌지나칭칭나네' 어깨춤이 들썩이는
여망의 횃불 대풍년을 일궈내리.

물빛 그리움

오로지 한 길 사랑
꾸밈없는 사랑
'소천지' 맑은 물에 투영된 동경
자유로운 세상 만물이 어울린
더 없이 순수한 나르시시즘에
지는 꽃잎마다 그리움이 물든다.

장미의 유혹

풀숲으로 숨어든 연인의 실루엣
아담과 이브인양
은은한 등불에 비치고
두 팔을 벌리면 안겨오는
고혹적인 여인의 체취
미혹의 장미꽃 향기에 눈먼다.

화려한 정염의 화신 속살거림에
술 한 잔 나누지 않아도 취기가 돌아
은밀함에 사로잡히는 황홀한 밤
오월의 여왕 현란한 자태
농염한 풍모로 누구를 유혹하는지
설레는 밤을 어이 보내나.

외솔의 길

살아야 한다는 절박감
누구도 대신할 수 없기에
부름 받은 생
억척같이 살아도
삶은 스스로 개척하고
생을 완성해 가는 것

척박한 땅 어디라도
암벽 위 뿌리 내린 솔 씨 하나
발 디딘 곳이 삶의 터전
밤 별빛에 희망을 안아들고
생명의 불꽃 다할 때까지
찬연히 꽃피우고 가네.

갈망(4)

더 높은 곳을 향한
하늘로 하늘로
오르고 싶은 욕망
꿈을 이루기 위한 도전은
심장 박동이 뛰는 한 멈출 수 없어.

연륜의 흔적이 마디마디
훈장처럼 눌러 앉아도
걸어온 길마다 쌓인 고뇌가
삶의 굴곡으로 골이 패여도
세상에 온 보람 생의 참의미를 깨우치고 가리.

가을

사랑의 길(11)

자식 잘 되기를 바라는
세상 모든 것을 다 주어도 아깝지 않는
어머니의 마음
예쁘게 튼실하게 자라기를 바라는
아버지의 마음
사랑이 삶의 근원일지라.

생의 길을 알아가는 삶의 터전
신명나는 놀이동산 같아도
보이는 것만이 다가 아니라
야생의 생존경쟁에서도 어미의 모성 본능
너를 위해로부터 지켜주는 버팀목으로
부모의 사랑 무한한 사랑의 길.

새벽길

준비된 자는 도전을 멈추지 않고
비바람 폭풍우 속 항행일지라도
덮쳐오는 거센 파도 두려워하지 않는다
어둠 속에도 길은 있나니
한줄기 미명도
하루를 시작하는 서광이 되리.

정상을 향해 가는
숨 가쁜 여정
정점에 다다르지 못한다 해도
원 하는 바 뜻을 이루지 못해도
생은 내일을 향해 한걸음 더 나아가는 것
새벽길을 나서는 마음 더 큰 세상을 열리라.

세상의 중심이 되어

가슴에 품은 식지 않는 열정
원대한 꿈을 지니고
이상의 날개를 펼쳐
저 하늘 끝까지 날아올라봐
축복의 오늘 하루
새로운 시작의 장을 열어봐

천지를 아우르는 명선도의 일출
그 광명을 온몸으로 안아들고
타올라라 생명의 불꽃이여
솟아올라라
희망의 날들 내일의 주인공으로
세상의 중심으로 그대여 우뚝 설지라.

윤회의 생

만남과 이별은 세상사 섭리이지만
필연과 우연
너와 나의 조우는
어떤 연으로 이어져 있으려나.

부름 받아 이 땅에 왔으니
삼라만상이 다 존재의 이유가 있을지라
마땅히 누려야할 행복
두 손을 모아 현생을 축복합니다.

바람의 흔적

살면서 한번쯤 이성을 잃고
끝없는 추락으로 나락에 떨어져 본 적 없나요
뿌리치기 힘든 유혹에
주체할 수 없는 거센 삶의 파도에
무력하게 휩쓸린 적 없나요
말 못할 사연 하나쯤은
누구나 가슴에 묻고 살지요.

철지난 바닷가 노을은 지는데
시련의 아픔으로
심중도 모르는 해풍에 떠밀리듯
인적 드문 백사장 홀로 걸어본 적 있나요
사랑의 고통도 견디기 힘든 병마도
지나고 나면
한 시절 스쳐가는 바람이랍니다.

염원(3)

부귀와 영화와는 멀어져도
꿈은 품고 살라 했는데
무지개를 쫓다
이상의 날개가 꺾인 인생나그네
사랑마저 떠나가면
허망한 가슴 어찌 달랠까.

천년세월도 한결같이
무성함을 자랑하는
아름드리 큰 나무로 우뚝하기를 바라는
이루지 못한 여망
생명의 불꽃 꺼질 때까지는
맑은 마음의 한 길 사랑 꿈을 향해 나아가리.

꿈을 향한 버킷리스트

짙푸른 파도가 넘실대고
초롱초롱한 별들이 빛나는
대양의 한가운데서
크루즈선에서 '산타 루치아' 노래를 부르며
올려다보는 밤하늘은 얼마나 멋질까
내 삶의 마지막 버킷리스트
스펙트럼처럼 펼치고 싶은데.

더 넓은 세상을 향해
날아오르고 싶은 열망
산티아고 성지순례도 나이아가라 폭포를 마주하는
갈 수 없는 이루지 못한 야망이라도
꿈을 이루려는 도전 정신은
천사의 영접을 받은 영혼처럼
먼 훗날 그대에게 환한 미소로 답하리.

삶의 중심

느긋하게 눈감고 아련한 추억에 젖어
따스한 햇살아래 선탠이라도 하는 게냐
살 같은 세월에
바람 빠지는 풍선처럼
젊음은 하루가 다르게 멀어져 가는데
'악어섬' 숲 창창함은 한결 같아라.

자아와 상관없이
유행에 휩쓸리는 군중처럼 어디로 몰려가느냐
바람 앞에 갈대 같은 세파에 시달리는 마음
삶의 중심은 흔들리지 않았으면 좋겠구나.

＊충주시 살미면에 있는 충주호에 드리운 산자락.

사진 : 故 진덕/김태일님

가을날의 그리움

누구를 기다릴까
고래등같은 기와집 넓은 앞마당에
가을햇살을 등에 업고
배불러가는 단감 사랑은 영글어 가지만
어둑해져오는 어스름에 술 고픈 촌로
홀로 적적함을 어이 달래나.

삶이 고달파
황혼을 향해가는 인생여정이 외로워
가을을 불러내어 주고받는 혼술
막걸리 한 잔 거하게 목축임하고나면
먼저 간 벗에 대한 그리움
빈 술잔 가득 넘실거리네.

사진 : 정은영 작가님.

혼을 담은 고무(鼓舞)

진경(塵境)의 세상사 심란한 심사
정안(靖安)하기를 바라
의기를 북돋우는
혼을 담은 고무(鼓舞)
하늘도 그 진정(眞正)을 알리라.

* 고무(鼓舞) : 북을 치고 춤을 춤.
* 진경(塵境) ; 정신에 고통을 주는 복잡하고 어수선
       한 세상.
* 정안(靖安)하다 : 편안하게 다스리다.

꽃무릇 진홍빛연정

만날 수 없는 숙명이라 해도
한시를 잊지 못해 가슴이 무너져도
세월이 가고 계절이 다시 와도
영원히 마음속에 품고
태우고 피어나는
꽃불처럼 타오르는 사랑

님 그리는 애절한 사랑
명운(命運)조차 벗어던진 핏빛 연정
속눈섭 끝에 어리는 맑은 눈물
수없이 발등을 찍고 또 찍어도
절절한 그리움 달랠 수가 없네요
기다림 끝에 이별하는 야속한 사랑이라서.

가을날의 사랑은(2)

가슴을 펴고 하늘을 올려다봐요
국화향 그윽한 가을들녘
당신의 체취가 아련히 여울지네요
정겹게 나풀거리는 가을빛살이
보랏빛 국화꽃 위에서 춤을 추는데
소슬바람은 혼자서도 술래잡기를 해요.

우수에 깃든 당신의 동공처럼
깊어가는 가을정취 시들한 늙은 사랑이라도
첫정 나눈 연인처럼 손잡고 걸어봐요
가을이 속삭이는 귓속말
풀벌레 울음소리 가슴에 담아보세요
만물이 그대를 향해 미소 지을 테니까요.

마음의 문을 열면

어깨동무를 한 분홍빛 수풀
아기자기한 꿈들이 어우러지며
'먼 산에 아지랑이 품안에 잠들고'
지난 시절을 가슴으로 노래한다
오늘 너를 보낸다 해도
우리의 사랑 아름다웠노라고.

손가락 걸며 언약한 순결한 고백
숲을 이루었으니 마음의 문을 열면
철 지난 아픔도 빛으로 승화되네
들을 가득 메운 핑크뮬리가 생을 축복하고
내 가슴속에도 행복이 윤슬로 찰랑거린다.

대둔산 푸른 기상을 닮아

한 걸음 두 걸음 진정을 담은
끊임없는 도전은 태산도 넘어서고
백전노장의 늠름한 기백과
사자후를 토하는 젊은 용장의 패기를
대둔산의 장엄함에서 배우면
세파의 파고가 험난해도 길을 잃지 않으리.

푸르름이 붉게 물들어도
빛을 잃지 않는 대둔의 푸른 기상
만고에 우뚝한 기개를 닮아
그대여 훗날의 위구심은 떨쳐버리고
오늘 지금 창천을 날아올라라
불굴의 의기가 세상을 바꿀지니.

* 위구심(危懼心):염려하고 두려워하는 마음.

계룡산 운해

억겁의 숨결이 잠들어있나
천년 세월도 뛰어넘은
허연 수염을 휘날리는 신선
구름을 타고 이 산 저 산을 넘나들며
내세를 내다보는 별유천지이련가
내딛는 발걸음조차 경건해진다.

운무가 둘러싼 계룡산의 아침
때 묻은 티끌조차도 청정해지는
신성한 자연의 섭리
본디 세상은 순수 무구한 낙원이었어라
산천이 어우러진 순백의 향연에
무아경에 빠진 영혼 갈 길을 잊는다.

사진 : 이유원작가님.

귀향(5)

언제일지 몰라도
부름을 받아 곤한 몸 내려놓고
미움도 시기도 병마도 없는
영혼의 세계로 나아갈 때
내 길은 어느 길로 인도될지
눈감으면 아득히 귀향길이 어른거린다.

내 어머님 하늘로 오르시고
돌아갈 곳을 잃었는데
항구로 귀향하는 조각배처럼
그리운 이 찾아가는 길
반겨주는 이는 없어도
적적해도 왔던 곳 그곳으로 돌아가리.

꽃미소 속에 담긴 의미는

연보랏빛 꽃미소에 마음 빼앗긴
햇살 좋은 화창한 날
'브리즈번'의 '자카란다'가 눈웃음을 건넨다
환히 오늘을 마중하라고
나무와 숲도 맑은 이슬을 품은
심미한 감성으로 어울림의 삶 열어간다며.

화사한 꽃잔치 뒤에
짙푸른 녹음이 무성하고
훗날을 기약하는 이별 앞에서는
스스로를 버리며 가슴 아파해도
만남과 떠남 모두가 섭리인지라
축복의 시간 촌각도 헛되이 보내지 말라하네.

* jaca·randa : 향이 좋은 열대산 나무.
* 심미(審美) : 아름다움을 살펴 찾음.

메밀꽃 피는 들녘 축제가 끝나면

성대한 잔치가 열렸나
별이 지던 밤
무수한 별들이 지상으로 내려와
생명의 빛으로
가을 들판을 뒤덮었네.

별들과 요정의 향연
축제가 끝나고 꿈이 익어가는 들녘
결실의 계절에 사랑이 꽃피었으니
거센 세파를 뛰어넘은 당신
만개한 절정의 꽃처럼 환한 기쁨을 누리소서.

바라기사랑

무조건 좋아하는 바라기사랑
끝없이 샘솟는 기쁨으로
황혼의 삶도 웃음꽃이 피게 하는 화수분
윤서야, 너는 '팅거벨'의 요술방망이를
예쁘게 휘두르는 천사
세찬 비바람도 맑게 하는 재주를 가졌지.

네가 희망의 날개를 펼치면
저승사자도 웃고 돌아서는 마력에
할비 할미가 생기를 얻는
마음으로 전해지는 소중한 사랑
'시그니엘 서울 98층에서 우리가 함께한'
일상 중에 유토피아를 만난 뜻깊은 시간
행복한 추억으로 오래오래 기억되리.

가을날의 그리움(3)

천년고찰을 지키는 신륵사 은행나무는
계절이 가고 와도
정정한 빛을 잃지 않건만
늦가을 정취에 취한 노회한 영혼
지나가는 촌로의 모습에서
야속히도 먼저 간 자네의 얼굴을 만나네.

남한강을 내려다보는 언덕배기에서
세월의 바람을 고스란히 견뎌낸 석탑
고즈넉한 풍광에 반한
중년의 여인 여유로움은 시간조차 잊고 있는데
낭랑한 독경소리에
나는 너를 한 편의 시로 추억하네.

마지막 만찬

홀로 남겨질까 두려워
경주하듯 담벼락을 오르고 또 오르다
만산홍엽의 정취에 취해
지나온 길 뒤돌아보며
무리지어 붉게 붉게 온몸을 태우네.

이별을 앞둔 만찬은 끝나지 않았지만
돌아서는 발걸음 잡지 않으마
떠날 때 떠날지라도 마지막 가는 길
훗날을 기약하는 가을 연회
뜨거웠던 지난날의 추억은 가슴에 품고 가거라.

생명의 불꽃 별이 되는 날까지

흐드러지게 핀 황하 코스모스 꽃물결
상념에 젖어 발길을 붙잡아도
삶의 고뇌를 짊어지고 벼랑 끝에 선
피폐해져가는 영혼
세월 앞에 무릎을 꿇어도
지고지순한 사랑 아낌없이 쏟고 가리.

분홍빛 꽃 같은 젊음이 무너지고
핏기를 잃어가는 육신
송장버섯이 기생해도 떨쳐낼 수가 없지만
가녀린 희망 가을 코스모스처럼 꽃피워
생명의 불꽃 별이 되는 그날까지
하늘이 맺어준 연(緣) 인의(仁義)를 다하리.

가을과의 이별은(4)

정을 싣고 떠나는 기차 기적은 울어도
가야할 사람은 보내야 하지요
하늘거리는 단풍의 유희
아쉬움을 토로하지만
현란한 가을과의 이별
아린 마음 속내 내보이지 말고 고이 보내주소서.

지난날의 뜨거웠던 사랑
가슴에 묻고 눈물은 보이지 말아요
그대를 잊은 건 아니랍니다
돌개바람에 휩쓸린 낙엽
훗날을 기약하며 정해진 운명따라
마지막 여정 떠날 뿐이니까요.

사랑의 길(13)

비탈진 고갯길 홀로 오르는 것보다
둘이서 넘는 인생고개
슬픔은 묻히고
기쁨은 주위를 환히 밝히지요.

서산마루에 해그림자가 걸리면
오순도순 사랑을 나누고
새로운 세상을 개척하는 삶의 여정
우리 함께 내일을 열어가요.

당신과 함께하는 인생 파노라마
대하소설처럼 엮어지는 대작이 아니어도
일상 속에서 누리는 소확행이
꾸밈없는 진정한 행복입니다.

선한 그리움

산다는 것은 만나고 헤어지고
사랑과 이별이
하나의 수레바퀴로
내일을 향해 나아가는 것인데

우리가 가는 길
한 치 앞을 알 수 없어도
내일 날엔 의지와 상관없이
또 다른 만남이 스쳐가지만

시절은 가도
연(緣)이 남긴 그리움
부름 받을 날을 기다리는 마음은
먼저 떠난 영(靈)의 안식을 묵상합니다.

가을은 가는데

자욱한 아침 안개가 앞을 막아서도
나풀거리는 황금빛 은행잎이
연민의 눈길로 발걸음을 붙잡아도
가야할 길이거늘
부끄러울 게 없는 노회한 영혼
무엇을 망설이랴.

낙엽 지는 가을 들녘을 홀로 걷는 야인
초라한 몸뚱아리
시린 바람을 맞닥뜨려도
찬 이슬로 흐려진 눈을 씻고
늦가을 정취에 마음 흔들려도
순수를 노래하는 시객이고 싶네.

바라기사랑(2)

금빛 윤슬이 저녁바다를 뒤덮고
저무는 노을은 막바지 열정을 쏟아내는데
뱃고동 경적에 눈을 감는
평생을 물질로 살아온 이순의 노모
고향을 등지고 도회로 떠난 자식
타향살이 무소식에 냉가슴을 앓는다.

만선의 꿈을 이룬 어선은 항구로 돌아오는데
내 맘 같지 않은 야멸찬 성정 기별도 없고
허공에 그려지는 보고픈 얼굴 무덤덤해도
수척한 모습에 몸은 성한지
세상살이 모진 풍파에 배곯지는 않는지
바라기사랑 끝이 없어라.

가을날의 그리움(4)

줄지어 늘어서 흙빛으로 고개를 떨구는
메타세쿼이아 작별인사에 눈으로 답하며
만추의 신작로를 걸어봐요
찬바람에 낙엽이 날려도
순수를 품은 물빛 하늘은
어깨를 감싸 안으며 그대를 반길 거예요.

못 다 나눈 사랑 아쉬움 가득해도
축제가 끝난 이별의 뒤안길
계절의 숨결은 말없이 흐느껴도
가고 오는 흐름은 되돌릴 수 없으니
사랑보다 더 깊은 그리움
빛바랜 일기장 속에 고이 묻어두렵니다.

사진 : 전혜민 님

새날의 빛살은

길은 먼데 날은 저물고
우리의 여정 오늘은 여기까지라도
더 멀리 더 높이 날아오르고 싶은 여망
믿음 속에 새날을 기다리네.

덧없이 흘러간 세월 아쉬움 가득해도
부딪는 매 순간마다
생의 의미를 부여하고 싶은 마음
희망찬 새날의 빛살은 더 밝게 타오르리.

바다가 부르는 희망의 노래(2)

드넓은 가슴으로 반겨 맞으며
바다는 희망을 연주하고
파도는 넘실대며 역동적인 춤을 춘다
대향을 향해 나아가고픈 갈망
도전을 멈추지 않는 자
꿈꾸는 세상을 만나리.

거칠게 달려와서
하얗게 포말로 부셔지는 몸부림
탐욕으로 가득 찬 사심 털어내면
깃털처럼 가벼워지는 심상
미지를 향한 뜨거운 열정으로
그대여 인생역정 새 길을 열어라.

빛살 같은 사랑(4)

동천(東天)으로 떠오르는 햇살처럼
너무 눈부신 광채에
가슴에 다 담을 수 없는
끝없이 차오르는 사랑

카랑카랑한 목소리에 반하고
달려와 안기는 앙증스러움에
할비도 격 없이 무너지는
티 없이 순수한 사랑

형언할 수 없는 기쁨이 되는
'윤서야', 너의 일거수일투족은
그 무엇으로도 가늠할 수 없는
행복의 근원이란다.

사랑하는 손녀 '윤서'

천향국색(天香國色)
-김영민화백님의 '국색 천향'에 부쳐

부귀와 영화를 품었기에
벌 나비가 몰려오는가
화려함을 넘어 관능적 자태
향기를 더해 온몸을 내 주고도
찬연한 광채 눈 감아도 빛나고
현란한 미소 정녕 꽃 중의 꽃이로다.

결혼식장 신부를 가운데 두고 어울린
빼어난 미모 젊음의 극치를 보듯
진홍빛 감미로움 황홀한 눈맞춤
탐해도 탐해도 싫증나지 않는
신혼부부의 밀월여행 같은
너는 내 인생의 화양연화를 떠올리게 하네.

작품 : 김영민 화백님.

대면수업

아버지의 사랑

대)범한 척 의연한 척 허세를 부려도
면)면이 살펴보면 초라한 행색
수)척한 얼굴에 등 굽은 모습으로도
업)보를 짊어진 아버지의 등짐
　내리사랑은 한이 없어라.

하이패스

염원

하)루해가 저물면 미물도 집을 찾는데
이)산가족이 된 북녘 땅이 고향인 실향민
패)잔병이 아니건만 갈 수 없는 고향
스)스로를 달래려 망향가를 부르며 통일을 염원하네.

#4행시

이차전지

희원

이)상향을 향한 마음속 희구
차)별 없는 나라 살맛나는 세상은
전)쟁 없는 세계 항구적 평화정착에
지)고선의 사랑으로 복된 날들이면 좋겠네.

*** 지고선(至高善)**: 인간행위의 최고의 목적과 이
상이 되며 행위의 근본 기준이 되는 선.

오리무중

행복

오)늘 하루를 주어진 시간들을
리)듬감 있게 생동감 넘치게
무)한한 세월의 흐름 앞에
중)후한 삶이 되게 하면 그것이 행복이다.

보행문화

킥보드 안전운행

보)행자도로를 안전모 착용 않고 달리는 킥보드
행)여 부딪힐까 사고 날까 조마조마한데
문)제의식도 느끼지 못하는 잘못된 사고
화)려함보다 안전운행이 우선이랍니다.

그물침대

달그림자

그)물에 걸린 흐릿한 달그림자
물)위에서 어른거리는 모습은
침)전된 기억속의 그리움을 불러내어
대)낮의 부스스한 춘몽처럼 물결 진다.

사랑의 길(15)

젊은 날 사랑이 꽃피던 시절
그 환희의 물결 아직도 기억이 생생한데
순번대기표도 없이
누가 먼저 갈지
하늘의 부름은 알 수 없지만
당신보다 먼저 명을 받들고 싶네.

백년해로 현생에서 다 이루지 못하면
천상에서의 재회 천명을 따를 터
서로를 알아 볼 수 있을 때까지는
약속하세 쓰러지지 않기로
황혼길 여생의 동행
사랑이 우리를 이끌어 주리.

* '살며 사랑하며' 사랑이 삶의 근원입니다.

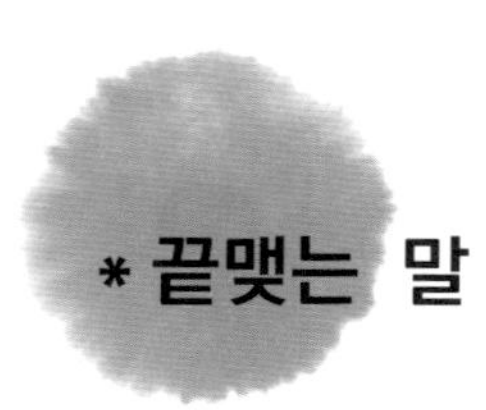

＊끝맺는 말

한 해를 마무리하는 시점
세상만사 마음먹기에 달렸다고 하는데 2025년 의미
있는 시간을 보냈는지 뒤돌아본다.

시집 3집~5집을 출간하고 시인의 길에 족적을 남긴
건 뜻깊은 일이나 아쉬운 점 또한 없지 않다.

꽃은 피었다 져도 그 정취가 마음속에 남고 뇌리에
오래 기억되는데 필자의 시는 과연 그러한가 생각이
깊어진다.
시인은 누구라도 자신의 시가 많은 독자들로부터 사
랑받기를 바라지만 현실은 그리 녹녹하지가 않다.
그럼에도 불구하고 독자 곁으로 다가가는데 부족한
점이 많지 않았나 반성하며 다시금 생각을 정리한다.

"꽃은 져도 그리움은 남아" 제 6시집을 출간해서
한층 더 독자와 함께하는 시인으로 거듭나고자 다짐
하면서 생명을 부여받은 필자의 시가 많은 이들로부
터 사랑받기를 바라고 그만큼 심금을 울리는 시를

쓰려 열정을 쏟아야겠다고 마음을 다진다.

또한 제 시를 사랑해 주시는 모든 분들께 안녕과 번성
을 기원드리며 아름다운 시로 다시 만날 것을 약속드
린다.

2025.10.31.
전수남.

꽃은 져도 그리움은 남아(제6집)

초판 발행 2025년 11월 30일
지은이 전수남
펴낸이 김복환
펴낸곳 도서출판 지식나무
등록번호 제301-2014-078호
주소 서울시 중구 수표로12길 24
전화 02-2264-2305(010-6732-6006)
팩스 02-2267-2833
이메일 booksesang@hanmail.net

ISBN 979-11-24166-02-4
값 10,000원